청어詩人選 278

제1회 청어시인선 공모 당선

중리 사람

유재원 시집

청어

중리 사람
유재원 지음

발 행 처 · 도서출판 **청어**
발 행 인 · 이영철
영　　업 · 이동호
홍　　보 · 천성래
기　　획 · 남기환
편　　집 · 방세화
디 자 인 · 이수빈 | 김영은
제작이사 · 공병한
인　　쇄 · 두리터

등　　록 · 1999년 5월 3일
(제321-3210000251001999000063호)

1판 1쇄 발행 · 2021년 4월 10일

주소 · 서울특별시 서초구 남부순환로 364길 8-15 동일빌딩 2층
대표전화 · 02-586-0477
팩시밀리 · 0303-0942-0478

홈페이지 · www.chungeobook.com
E-mail · ppi20@hanmail.net
ISBN · 979-11-5860-938-2(03810)

영혼주의 시

시는 낮달을 향한 나의 독백이다.

영혼의 실체는 이 세상 어디에도 없다. 오직 마음속에 살고 믿음으로 전해진다. 고단한 현실에서 이성이 손닿지 않는 영혼을 찾을 수 없어도, 죽음처럼 내 안에 누워있는 잠재의식을 끈질기게 깨우는 일이 영혼주의이다.

한겨울 장독대 항아리 위에 소복하게 쌓인 눈이 한 폭의 설경으로 다가왔을 때, 비로소 눈뜨는 그 순간이 조화의 발견이고 감정을 균형 있게 조절하는 영혼주의 시작이다.

다소 긴 글로 엮은 '휘파람 불기'에 이어 다시 짧은 글 세계로 들어가려는 몸부림, 아무리 단시라 해도 반복하는 퇴고는 필연이었다.

자유로운 영혼을 짧은 글 속에 가두는 일 결코 쉽지 않았지만, 글속에 새로운 생각과 풍경을 집어넣은 단시가 장시의 부산물로 치부되어서는 안 된다.

월봉산에 달이 뜨면 '중리 사람'은 꿈을 꾼다.

유재원

차례

2부 모시나비

3부 낮달 하늘

4부 망각의 시대

5부　도대체

1부

중리 사람

달뜨는 월봉산 뜰 앞에
봄바람이 풀무질하는 양지바른 집
작년에 마실 갔던 제비 돌아오고
그대 머리에 꽂아주고 싶은
진달래꽃 피는 마음에 해비가 내린다

별과 나

굳이 창을 열지 않아도
별들의 이야기는 들려왔다

그래도 창밖을 바라보면
한순간에 사라지는 별 하나
별들의 무덤은 어디일까

눈 속에 들어 흐르다
잠시 머무는 별들의 무덤이
내 작은 가슴인 줄 몰랐다

남은 사연 끌어안고 잠든
여린 꽃잎에 찬바람 불었다

할머니 손

먼 기억은 어린 시절
햇빛 고이는 마당에 널어놓은
들깨 멍석에 텃새가 날아와 까불면
부지깽이 들던 할머니 손이 그립다

낙엽 진 창가에 찬바람 불어
어느새 장독은 흰 눈이 소복하고
날랜 솔개가 햇닭에 눈독 들이면
두 손 들고 소리치던 할머니가 그립다

영원히 변하지 않는 약속
진달래 개나리의 봄이 찾아왔다
빈손을 가슴에 얹고 잠든 할머니 무덤
인기척에 놀란 할미꽃이 고개 숙였다

들꽃

누르지 못한 속울음이
붉게 흐르는 하늘
노을이 꽃잎을 물들였다

스스로 빛나지 않으면
태어날 수 없는 별
들꽃이 바람 속에 몸을 던졌다

먼 들 전설을 기다리다
목마름에 흐려진 마음
때로는 수풀 사이 숨어 피었다

손바닥이 검게 물들 때까지
어둠을 저어가지 않으면
눈부신 내일은 어디에도 없다

중리 사람

달뜨는 월봉산 뜰 앞에
봄바람이 풀무질하는 양지바른 집
작년에 마실 갔던 제비 돌아오고
그대 머리에 꽂아주고 싶은
진달래꽃 피는 마음에 해비*가 내린다

비단실 뽑아내는 달빛 아래
밤에도 대낮처럼 눈에 익은 마을
흩어진 소문을 그러모아 묶은
전설 한가운데를 가로지른 신작로가
어제의 사연을 오늘도 이어준다

가끔 외지바람이 집적거리면
그리움은 계수나무 달 창에 두고
시절을 선하게 적신 인정으로
걸어 잠근 빗장을 풀고 사는 중리 사람
곤히 잠들면 별이 내려와 곁에 눕는다

*해비 : 볕이 난 날 잠깐 오다가 그치는 비

아그배

한번 씹은 떫은맛에
갑자기 입안이 마비되었다

으깨진 슬픔을 뱉어내도
물 한 모금이 필요한 시간
입맛을 잘라내지 못하고
보릿고개 너머로 도주했다

파도가 출렁거리는 세월
고향 길은 하얀 꽃잎
추억이 객지에서 가물거려도

한입 시련을 삭히지 못한
내 몸을 아그배가 지배했다

낮술

이미 그대 곁은 떠났는데
아직도 혼자 배회하는 거리
낮술이 나를 비틀거리게 했다

한잔 술에 빈속이 놀랐는지
하늘에 떠있던 낮달은 어디가고
가로등이 창백한 얼굴 보였다

술을 헛되이 버리지 말라
스러지는 걸 두려워하지 마라
어둠이 내려도 끝난 게 아니다

술잔에 꽃잎 뿌리는 마음은
식은 가슴 물들이는 노을
낮술이 영혼을 방황하게 했다

흰 기차

밤새 동행한 별이 지고
환상이 전이된 마음
꿈꾸는 길에 흰 기차 달릴 때
빗장 풀린 바람이 불었다

쑥 향기 밟으며 걷던
그 길이 봄이었는데
이글거리는 태양도 소용없이
뒤돌아보니 어느새 가을이었다

바람과 실랑이하면
흰 기차는 달리는 세월
여기가 정거장이라고 변명하며
편히 한번 쉬어가지 못했다

등대 없는 섬

당신을 기다리는
나의 마음은 아기동백
돌섬에 붉은 꽃 피어나면
파도가 가슴을 두드렸다

뜬구름 넘어가는 수평선
쉼 없이 밀리는 파도가
어둠에 부딪혀 흘러가면
바다 끝에는 등대 없는 섬

홀로 있어 고독한
내 마음은 무엇이 비춰줄까
별빛이 눈물을 닦아주어도
등대는 어둠에 갇혀있다

민들레 생각

양지에 쪼그리고 앉아
봄볕 쬐는 나이를 헤아릴 때
행낭 없이 실려 온 꽃소식
발아래 민들레꽃 피었다
기다림이 길수록 그리워지는
대문 밖의 마음이 두근거렸다

시간을 벽돌처럼 찍어내던
옛날을 절없이 기억해도
민들레는 이 봄이 가기 전에
한사코 하얀 마음 띄우겠지
하루를 짚고 밤으로 가는
초승달 곁에 별 하나 떠올랐다

현기증

낮달이 손짓하여 자칫 넘어질 뻔했다

사막처럼 건조한 목마름이 밀려왔다

가슴에 군불 지펴도 흰 눈이 내렸다

매듭을 풀던 두 손이 움직이지 않았다

울타리를 기대고 핀 꽃향기에 취했다

가끔 마른벼락이 머릿속으로 들이쳤다

나도 모르게 내 기억을 버리고 있다

기억

허구한 날 물바가지 띄워놓은
나의 기억장치가 고장났나봐

가슴에 고인 빗물이 흘러
물레방아 돌이던 풍경도 잠시

밤새워 기러기 날아간 솟대하늘
희뿌연 새벽길을 걸어가면

이 세상 붉은 꽃잎 떨어져서
부서지지 않은 사랑 어디 있다고

맨날 맨날 황사 날아오는데
오늘도 차단막이 구멍 뚫렸나봐

나의 자유로운 시선이 녹슬어
실타래처럼 감기던 기억도 잠시

줄 장미

저 혼자 외로운 낮달이
허공의 흰 꽃잎으로 돋았다
가시 돋친 마음이
철조망 붙잡고 몸을 감았다

맞닥트린 골목바람에
지레 놀란 줄 장미
그대 기다리는 시간에
노을 젖어 얼굴 붉혔다

버리지 못한 사연은
오늘의 존재로 떠오른 별
밤새도록 뒤척이던 줄 장미가
눈부신 아침을 휘감았다

애기 무덤
−별이 된 정인이에게

여기는 산새의 집
피지 못한 꽃잎이 잠들면
애기 무덤인가

여기는 바람의 집
멍울진 마음이 쉬어가면
애기 무덤인가

저문 하늘이 무서워
엄마 기다리는
애기 별은 너무 희미해

바람 스친 손을 저어
엄마 안녕 하는
애기 꽃은 혼자 이울어

산모퉁이 애기 무덤
마지막 울음은 차마
들을 수 없어 나는 간다

바람벽도배

봄을 기다리는 마음이
한기를 막다 얼룩진 바람벽에
화사한 꽃무늬 벽지를 도배했다

회포대종이 바른 방바닥
설설 끓도록 아궁이에 군불 지피고
벽에 가로세로 꽃무늬를 맞추면

대숲바람이 불어오는 집
하늘 높이 종달새 지저귀는 집
어느새 바람벽은 활짝 핀 꽃 천지

아랫목에 드러누워 바라보면
방 안은 봄을 옮겨놓은 정원
새로 마련한 꽃병풍이 펼쳐져 있다

불면증

기억에서 탈출하는 꿈
밤을 향해 진군하는 고요가
뒤척이는 몸을 더듬었다

성에 낀 유리창을 닫고
얼굴 시린 추위를 차단해도
어둠의 물레는 달빛을 풀어냈다

생시처럼 죽음이 일어서는 밤
꼬리 물고 도착하는 별빛
가시넝쿨이 머릿속을 휘감았다

꿉꿉한 현실을 붙잡고 잠들면
불면증은 말 못 하는 속앓이
중심을 무너트린 아침이 왔다

거울

문질러도 소용없는 평면
빛이 쉽게 통과하면 유리이고
현실을 반사하면 거울이다

숲속 풍경을 드리운 호수
바람 불어 흔들리면 물결이고
저 혼자 잠들면 거울이다

거울에 갇힌 오늘의 사연
새는 배고픈 속이 비쳐 울었고
나는 그리움이 비쳐 울었다

달빛

가만히 있으라고 손짓해도
기우는 달은 밤의 위험한 경계

그대 기다리는 시간이 가도
나는 말 없는 어둠의 대화가 좋다

바람의 울음이 붐비는 공간
잠든 통증이 눈뜨는 지루한 현실

별빛이 들어와 옷고름 풀어도
나는 죽음으로 와 닿는 달빛이 좋다

종착역

죽음으로 달려가는 길
백년 여행은 즐거운 거라고
아예 양심을 던지고 도착했다

대가 없는 검은 기도처럼
타국에서 온 병을 앓는 사람들
최후의 생존자는 누구일까

우한폐렴으로 떠난 영혼이
별이 되어 지켜보고 있어도
사람들은 환상을 붙잡고 살았다

종착역은 침묵의 시작
백년 여행은 무거운 짐이라고
죽은 사람도 저 혼자 도착했다

빗줄기

하늘에서 추락하는 몸
당신의 등뼈는 어디 있나요
땅에 부딪히는 대로 무너집니다

아픔이 물이 되는 순간
당신의 심장은 어디 있나요
하얀 피가 낮은 곳으로 흐릅니다

내 젊은 시절이 녹아내려도
내 하나 뿐인 사랑이 흘러서 가도
내 생명의 시작은 빗줄기인데

번개 치는 눈빛으로 들여다보면
흐르는 시간에 눅눅해진 가슴
바람 타는 그리움이 출렁거립니다

바람 불어

모래밭에 스미는 갈증
땀으로 엉겨 붙은 뜨거움이
선인장 가시처럼 찔러 와도
바람 불어 몸살이 식었다

한 무리 철새가 날아가면
온종일 허전한 마음의 호수
물결 고요히 잠든 날에도
바람 불어 하얀 이 드러냈다

밤새 시렸던 아침이 오고
싸락눈처럼 쏟아지는 햇살에
빈 가슴을 건드리는 바람
오늘의 갈증이 찬물을 마셨다

2부

모시나비

손에 잡히는 게 없어도
엇갈린 길을 가는 종소리
핏물 번지는 노을에 닿으면
붉은 바람으로 떨어진
꽃잎 상처는 아물지 않았다

아침에

이슬이 어둠을 비켜
여린 풀잎에 얹혔는데
어느새 가시 돋친 햇살

저기 굽은 길에는
별들이 두고 간 사연
밤새도록 무슨 생각했을까

아침은 어둠의 빈자리
그대를 생각하면
바람이 마음을 흔들었다

연분홍

아예 없는 듯 잊고 살아도
연분홍은 가슴 뛰는 꽃잎

아무것도 모르면서 붙잡은
사랑이 봄볕에 그을릴 때
슬픔은 흰 버짐으로 돋아났다

목숨을 주어도 아깝지 않은
지금이 당신을 만나야 할 시간

발을 붙잡는 미움 잘라내고
창 밖에 별 하나 떨어지면
눈물 속에 얼비치는 모습
봄의 기슭에 연분홍이 흘렀다

벙어리사랑

시간이 또다시 흘러
지금은 그대를 잊는 마음

꿈꾸는 봄 길에 서서
그리움이 꽃망울 터트려도
숨죽인 사랑은 그저 벙어리

목련꽃 한가득 피어
쳐다보면 눈부신 하늘인데
바람 따라가는 저 하얀 나비

가슴에 벼락이 내리쳐도
미련하게 말 못하는 사랑

모시나비

무게를 가늠할 수 없는 침묵
가슴에 쌓은 돌탑 인연으로
누가 용두질하는 상 남자인지
하늘을 넋 놓고 바라보는 그녀에게
사내가 유혹의 등불을 밝히고
'여인아, 어서 내 품으로 들어와'
바람 젓는 날개로 명령할 때
파랗게 놀란 대숲바람이 일어섰다

빛과 그늘이 맞닿은 접점에서
암내를 본능에 연결하면
한순간 불꽃 튀는 공간사랑으로
그녀는 마지막 정사를 끝낸 모시나비
사내가 꽁무니에 정조대를 씌우고
'여인아, 어디든지 마음대로 날아가'
심장 찌르는 아픔을 명령할 때
길이 좁아졌는지 눈앞이 어지러웠다

개나리꽃

오래된 사립문을 밀고
봄바람이 가만히 들어왔다

실어증을 앓는 노란 입술
울타리에 개나리꽃 피고

언젠가 떠났던 그리움
무엇을 못 잊어 돌아왔을까

여간해서 울지 않는
청보리 하늘 종달새 울음에

바람 길 울타리
개나리꽃이 지고 말았다

인연

검은 나비 떼 날아온 창
생인손을 앓는 통증
내버려두어도 죽음에 닿는 인연

기억을 들춰내지 않아도
새벽부터 발을 적시는 이별
풀잎과 이슬은 서로 눈물을 닦았다

밤새도록 어둠을 견디어
한줌 햇살에 사라지는 이슬
그대 한낮 풍경을 본 적 있는가

인연은 가슴에 내리는 비
어둠을 뚫고 들어오는 한줄기 빛
풀잎과 이슬은 서로 간격을 좁혔다

당신은 누구

새순이 돋을 때까지
아직은 가슴 시린 겨울인데

유리창에 돌 던진 기억이
가슴에 대못 박은 흔적인데

마른 잎 모두 떨어트린
하얀 겨울나무 가까이 섰다

말 못할 슬픔을 짊어지고
그리움 헤집는 당신은 누구

어둠에서 길을 잃은 별이
물빛 가슴에 둥지를 틀었다

이름 하나

하늘에서 내려온 파란 나비가
길가에 떨어진 이름 하나 줍고
그대 이름이라고 악착같이 우겼다

새 울음마저 잠들어 고요한 밤
앙상한 나뭇가지에 걸린 달
우리는 참 지루한 사랑을 했다고

미친 듯 달려가는 황량한 들
마른 바닥에 뒹구는 낙엽
우리는 참 미련한 사랑을 했다고

비밀 정원에 머무는 파란 나비가
가슴에 빛바랜 이름 하나 묻고
아무도 없는 하늘을 훨훨 날았다

감전

어길 수 없는 약속 때문에
불나비는 가로등 불에 타죽었다

손닿으면 감전되는 전깃줄
넝쿨장미는 사랑을 감고 죽었다

누구도 따내지 못한 흰 버짐처럼
눈꽃이 녹아내린 감전의 흔적

마음을 잇는 전깃줄이 끊어지면
새는 전봇대 높이 앉아 울었다

오월 강

초록에 엉겨 붙은 오월의 믿음

질끈 동여맨 허리끈을 풀고
유리병 중간을 빠져나가는
모래시계처럼 오월 강이 흘렀다

해마다 태어나는 강가의 갈대
가슴으로 키운 물새가 날아가면
오월 강은 가슴 조이며 흘렀다

풀 향기에 취한 철새 길에서
통증안고 가던 길 돌아가면
그대는 흔한 이별이라고 말했다

종소리로 흩어지는 오월의 울음

붙박이별

사랑의 뼈가 활활 타오르는
나는 저 불길을 건널 수가 없다

이별은 슬픔 속에 피는 꽃잎
나는 눈물의 강을 건널 수가 없다

살아서 만나야할 인연으로 박힌
저 하늘에는 손닿지 않는 별 하나

이별이 슬픔이 되는 줄 모르고
나는 밤마다 붙박이별을 따냈다

절뚝발이 사랑

왔으면 가야 하는 형벌
해 뜨는 동쪽으로 가도 되고
해지는 서쪽으로 가도 되고

기다리다 지친 마음이
다시 걷다가 돌부리에 채이면
슬픈 절뚝발이 사랑인가

바람에 흔들리는 풀잎 길
옷깃 스친 인연에 감겨 스러지면
아픈 절뚝발이 사랑인가

지친 다리 쉬어가는 길
아침햇살에 끌려가는 이슬이
다시 돌아올 수 없는 이별이었다

고무신 코

나를 얼마나 사랑하니
네가 무심코 물었을 때
나는 땅바닥을 바라보았지

사랑의 무게를
그리고 사랑의 깊이를
정말 아무것도 몰랐으니까

감기에도 콧물 보이지 않는
돌에 부딪혀도 아파하지 않는
고무신 작은 코가 보였지

종소리

어떻게 속을 비웠을까
부는 바람 한줌 낚아채고
큰 목소리로 우는 첨탑의 종
들뜬 숨을 가슴에 묻은 채
그리움을 하늘 높이 띄웠다

손에 잡히는 게 없어도
엇갈린 길을 가는 종소리
핏물 번지는 노을에 닿으면
붉은 바람으로 떨어진
꽃잎 상처는 아물지 않았다

저별

한번뿐인 인생이라고
집착할수록 무디어지는
시선을 날카롭게 벼리며
기도의 별을 바라보았다

밤하늘에 마음을 던지면
뜬금없이 떠오른 저별
이별은 슬픔으로 지치고
어느새 어둠이 눅눅해졌다

한번뿐인 사랑이라고
마음을 솔직하게 열어도
먼 곳에서 홀로 떠는 저별
눈물을 비켜 바라보았다

길 건너 사람

주저하다가 그만 놓친 사랑
길 건너 그대 사는 집에
돌멩이 하나 던지고 돌아서면
눈물 흐르는 차가운 환상
옆집 유리창이 산산이 깨졌다
여간해서 좁혀지지 않는
사소한 감정으로 소원해진
찬바람이 아직도 가슴에 남아
뜨거운 찻잔에 입술을 댔다
병든 나뭇잎이 떨어질 때까지
허수아비처럼 그 집 앞에서
다리뼈가 부러지도록 기다리면
던진 돌멩이가 건망증일까
바람이 꽃잎을 만지고 있다

창녀

그녀의 별명은 걸레였다
가슴에 무엇이 응어리졌는지
날마다 빨아도 걸레라고 했다

사내의 영혼을 재생하는 꿈
세상은 그녀 몸을 밟고
마음대로 꿈틀거리라고 했다

억새 잎이 바람을 베는 소리
어둔 공간에서 현실을 망각한
누가 짓눌린 그녀를 조롱했는가

인간 본능을 덜어내는 모습
그녀의 발아래 엎드려 기도하는
사내의 시간이 잠시 여울졌다

속병

밤마다 그대를 꿈꾸었다
결국 가슴앓이가 도졌다

나 혼자 별을 쳐다보았다
눈동자가 포도 알 같았다

찾아오는 건 통증이었다
약을 먹어도 소용없었다

숨죽여 인연을 기다렸다
다시 사랑에 비틀거렸다

꽃 무덤

그리움도 소용없는
지금은 아무도 없는 세상
누군가는 너를 기다린다
가슴 아파 눈물로 기다린다

살아서 붙잡지 못한
인연이 무덤 꽃으로 피면
별이 되어 눈뜨는 영혼
나의 사랑은 여기가 끝인가

끊어내도 이어지는
눈물이 흘러서 슬픈 날
누군가는 너를 잊는다
서러워 가슴 치며 잊는다

죽어서도 잊지 못할
사랑이 무덤 꽃으로 피면
바람 불어 떠도는 마음
나의 그리움 지금이 끝인가

일탈

앞에 보이는 하늘 말고
한가로운 영혼으로 가는
나의 우주는 어디인가

저 멀리 까만 공간 말고
잃어버린 이름으로 닿는
나의 전생은 어디인가

젊은 날을 진보로 보내고
나이 들어 보수에 들어서니
날뛰던 시절이 후회스럽다

목숨 바쳐 지켜야 할
원래 간직한 양심은 무엇
시비해도 남는 게 없다

3부

낮달 하늘

가슴에 둥지를 튼 새가
사랑을 모두 지고 날아갔어도

세월의 얼룩을 털어낸
빈 둥지 같은 그대가 좋았다

가을나비

고요를 느끼는 나비야
밤마다 달빛 덮고 잠든
이별의 비밀을 아느냐

내일이면 사라지고 말
기억을 던지는 나비야
바람찬데 어디 가느냐

가을은 낙엽의 계절
잡은 손 놓으면 그만인
나비야 죽음을 아느냐

내게는

어둠에서 별을 캐내도
줄어들지 않는 외로움
나비는 한 번 앉은 꽃잎에
두 번은 앉지 않는다
나팔꽃 아침이 오면
어느새 분꽃 피는 해거름
노을이 하늘을 물들일 때
내게는 슬픔이 물든다
저 혼자 다가오는 바람
등댓불처럼 비춰주는 달빛
마음대로 만나는 인연
내게는 그대가 필요하다

억지

변함없는 조화의 표정으로
그대에게 웃음을 던졌다

오늘을 잃어버린 믿음에
화병의 꽃들이 모두 시들었다

창문을 닫아도 소용없이
달이 노란 눈으로 쳐다보았다

겨우내 입을 봉한 대지에
봄비가 내려 멍울이 돋아났다

꽃눈을 비켜 서 있는 길에
생각지 못한 풍랑이 밀려왔다

낮달 하늘

아무 때나 쳐다봐도 괜찮다

개구진 시절이 빈정거리며
마음대로 돌팔매질해도
물빛 하늘을 밟고 가는 낮달

날아간 새는 무슨 말을 할까
옛날 장항아리가 깨져도
선뜻 내보일 수 없는 마음

시간이 다리를 건너갈 때
거친 숨을 뱉으며 흐르는 강
낮달이 구름에 몸을 숨겼다

비오는 날 낮잠 자도 괜찮다

부두에서

여행하는 사람들이
발 닿는 곳마다 흔적을 남겼다

비온 뒤 무지개처럼
색색으로 핀 흔적은 아니지만
북극성을 중심으로 회전하다
비린내 쌓이는 부두에 도착했다

여객선 부두에서 바라보면
물새가 가로질러 생긴 수평선
눈앞이 어지러운 사랑의 발자국
파도가 이별의 흔적을 지웠다

홀로 떠난 사람들이
갯바람으로 흩어질 꿈을 남겼다

노을에 젖어

가슴에 눈물이 고여도
진정 슬프지 않았다

사람들을 외면하며
애써 들길을 걸어갔다

피해가도 소용없는 길
나는 노을에 젖었다

해가 서산 넘어갈 때
나는 꽃잎을 털어냈다

다시 말하지 않아도
노을에 젖으면 그만이었다

엽서

창밖에서 우는 새
눈물이 흐르던 말던
그대 소식이 궁금했다

가슴 미어지게 울어도
찬비 찬바람을 비켜
도착할 사연 기다렸다

주소 없는 사람에게
엽서 띄우는 마음
인연이 겹치기 바랐다

내 곁에

이슬을 기다리는 꽃잎처럼
눈물 없이 우는 새가 좋았다

꽃잎처럼 움직이지 않고
내 곁에 있는 그대가 좋았다

가슴에 둥지를 튼 새가
사랑을 모두 지고 날아갔어도

세월의 얼룩을 털어낸
빈 둥지 같은 그대가 좋았다

이별이 침묵의 숨을 조여도
나는 눈치 없이 입 다물었다

하얀 밤

어둠이 유리창에 물들면
멀리 있는 그대를 위한 기도
나는 내 마음을 헤집었다

비가 오면 하얀 눈물
눈이 오면 하얀 꽃잎
그대를 위해 밤새워 기도했다

한순간에 사라진 별 하나
모두 잠든 밤이 두려워도
눈물 마를 때까지 지켜보았다

불면이 뼈를 깎는 하얀 밤
정지된 기억으로 눈뜨는 별
나는 단단해진 통증을 만졌다

콩깍지

더 이상 좁힐 수 없는 간격
뚫린 가슴 바람이 헤집을 때
걸어놓은 문고리 풀고
꽃그늘에 숨은 그리움으로
밭두렁에서 뽑아온 콩을 깠다
비린내가 눅눅한 깍지는
눈치 없이 백치 얼굴 내보였다

침묵을 거슬러가는 쪽배가
묵은 지 같은 하늘을 저을 때
비좁은 깍지에서 튀어나온
풋콩을 한 움큼씩 움켜쥐었다
생의 일부가 끼니로 사라지는
누가 먼저 죽어 별이 될까
영혼이 살던 껍데기를 치웠다

구름을 닮다

바닷가 언덕의 찻집*
뜰 앞에 형제 섬 떠있다
이별이 아쉬워 뒤돌아보면
갈매기가 구름을 헤집고
가파도 소식을 물고 날았다

저기는 아득한 수평선
파도가 그리움 밀어낼 때
눈 들어 산방산 바라보면
꽃잎은 야속하게 이울고
약속 없는 구름이 몰려왔다

*제주도 산방산 카페

서운암 가는 길

죽어서도 눈감을 수 없는
물고기가 자물통 화석이 될 때
봄꽃은 피어 쇳대가 되었다

따로, 외롭게 태어났어도
저마다 인연으로 몸에 닿으면
어둡게 잠긴 마음의 문은 열리고

이제 서운암 가는 길은 피안(彼岸)
나는 꿈이 환한 꽃그늘에
등이 휜 무거움을 내려놓았다

맷돌

무거운 돌이 서로 포개졌다
어처구니 잡고 힘겹게 돌렸다

개 짖는 소리마저 잠든 밤
밑돌 숫쇠의 중심 쇠꼬챙이에
윗돌 암쇠구멍을 맞춘 중쇠로 돌면
창문을 기웃거리던 달이 놀라
못 본 척 어둠을 밟으며 기울었다

누군가는 은은한 달빛 핑계로
어처구니없는 맷돌을 돌리겠지
균형 잡은 몸을 흔들어
사락사락 싸락눈 소리 쏟아내겠지

마주앉아 타락한 마음을 돌렸다
응어리가 모래알처럼 부서졌다

별을 보며

잠에서 깨어나 창을 열면
아직도 어둠에 떠있는 별 하나

어서 내게로 오라
생각의 사선에서 쏘는 화살이
자꾸만 과녁 밖으로 빗나갔다

부러지도록 팽팽한 욕심
이 밤 누가 잠에서 깨어나
어둠을 뚫고 정통으로 꽂힐
감당하기 어려운 시위를 당길까

바라보는 눈빛이 어긋나도
주어진 공간에 떠있는 별 하나

옷고름

건넛집 사람은 그대로인데
수심이 희끗거리는 백발

다문 입술 적막하게
꽃잎 물린 옷고름 풀고
새살 돋는 고통을 견디었다

싸늘한 풍경은 여전한데
외로움이 밀리는 도시의 밤

심장이 터지도록 동여맨
짓눌린 가슴 개운하게
바람 불어 옷고름 풀어졌다

빗장

새가 날아간 하늘에
꽃잎 같은 별 하나 떠오르면
문단속하는 마음이 빗장 지릅니다

영혼이 갇혀있는 집
바람에 부딪쳐 흔들리는 사립문은
무엇으로 빗장을 걸어놓았을까요

허공의 긴장을 깨트리는
사랑이 끝난 꽁무니에 빗장 지르고
하릴없이 너울거리는 모시나비

군불 치곤 너무 붉은 노을
바깥세상과 경계를 지은 수평선에서
고독의 빗장을 끼고 솟아오른 섬

어둠이 더욱 두꺼워지면
밤하늘에 홀로 버려진 그믐달이
눈물로 마지막 생의 빗장 지릅니다

생의 무게

벽이건 바닥이건 가리지 않고
뼈대 없이 기대는 그림자
가벼움이 자신의 존재임을 알까

내 몸 적시는 현실을 잊고
산허리 에워싸는 안개
햇빛에 사라지는 자신을 알까

어둠을 찢고 나온 별똥별은
무게를 가늠할 수 없는 불빛
스스로 제 몸을 태우며 추락했다

끝 모를 가시밭길 걸어가며
한 덩어리 세월을 짊어진 고통
생의 무게는 휘어진 등허리였다

여름 풍경

마음껏 소부랄* 늘어트린
더위가 날개 없이 이륙했다

반복이 정확한 괘종시계가
고정된 낮잠시간을 흔들었다

아예 바람을 잃어버린 풍경
양철지붕이 진땀을 불태웠다

장대비 기다리는 소원은
가슴이 불어터지기를 바랐다

*소부랄 : 소 불알

샘물

인간들이 신성한 물에
날마다 피 묻은 손을 닦았다

흙속에 고인 맑은 물이
하루하루 검게 녹슬었다

인연의 두레박을 내려도
아무것도 길어 올리지 못했다

곁에 강 같은 샘물을 두고
나는 바보같이 떠먹지 못했다

어둠이 갈증을 뿌려주어도
나무가 길게 심지를 박았다

생선가시

지난 일은 따지지 말자
급한 성미 때문에 망친 일이
살며 어디 한 두 번인가
세월 속에 납작 엎드린 인생
생선가시처럼 발라먹는 시련이
허기지게 밀려온 바람이었다

내일 일을 장담하지 말자
봄은 초록에 물들어 떠나고
지금은 살기 위한 안간힘
내 시간이 따로 있는 건 아니다
가물어도 마르지 않는 고통이
생선가시처럼 가슴에 박혔다

4부

망각의 시대

들뜬 가슴은 꽃의 소굴
눈을 뜬 꽃잎은 노을의 빛
아무도 모르게 종소리 듣는 밤
혼자 떨어진 꽃잎은 차가웠다

나 혼자 남아

굳이 붙잡지 않아도
그대는 오고 가는 바람

애써 외면하지 않아도
그대는 스쳐가는 인연

나비 너울거리는 길에
울타리 없는 집 짓고

어둠에서 눈뜨는 별
철따라 피는 꽃 길렀다

오늘도 나 혼자 남아
그대 없는 빈집 지켰다

해마다 겨울이면

숨구멍을 틀어막아도
계절을 밟고 날아가는 철새
어디서 엉킨 마음을 풀어낼까

저항 없이 흘러가는 세월
하루는 처음부터 짧은 건지
돌아보면 등 뒤에 어둠이 쌓였다

녹슨 화로가 훈기를 쏟아내도
찬바람에 몸살 난 문풍지
해마다 겨울이면 밤이 두려웠다

햇살이 짧은 꼬리를 감추어도
기억을 차단하지 못한 하늘
저 혼자 꿈꾸는 별이 얼어붙었다

비밀

생쥐는 나무토막을 갉으며
수시로 사랑의 덧니를 다듬었다

초대받지 않은 빗방울이
가슴에 부딪쳐 눈물로 흘렀다

나 혼자 벽과 벽 사이에 숨어
그대 이름을 목 터지게 불렀다

더 이상 말 못하는 바람이
꽃잎 사랑을 내버려두고 떠났다

망각의 시대

지금은 망각의 시대
누가 지쳐 스러진 여인에게
무지개의 빨간 빛 끊어낸 마음
피 묻은 돌을 던질 수 있나요

거친 파도가 밀려오고
성난 바람이 휩쓸고 가는 꿈
내못박는 고통이 앞을 가로막아도
나는 그대 곁으로 갑니다

땅이 꺼져도 꿈쩍 않는
단단한 사랑을 간직한 목숨
사시사철 눈비를 맞는 비석처럼
그대 이름을 가슴에 새깁니다

매화

그대가 보이지 않아도
강 언덕에 바람 불었다

봄이 왔는가, 물었을 때
때 이른 매화꽃 피었다

겨울을 견딘 마음은
흰 눈이 휘날리는 풍경

과수원이 종착역이라고
그대가 떨어지면서 말했다

검버섯

횃대에 앉아 나래 치던 시절
청춘은 그저 흘러간 시간인가

흐린 날 뼈마디가 쑤셔도
검버섯은 살아서 만나는 인연

만나야할 사람 기다리면
길었던 생은 한순간에 지나가고

쳐다보지 않아도 새들은
무리지어 하늘 끝으로 날아갔다

내 곁을 무심히 비켜 간 청춘
주름진 얼굴에 검버섯이 피었다

냉가슴

비등해진 무게로 얼어붙은
빙판을 반듯하게 질주해도
한쪽으로 미끄러지는 마음

겨울을 견디어낸 봄이 와도
새들이 노래를 부르지 않는
사랑의 질서가 깨진 냉가슴

별이 저마다 빛나는 허공은
궤도가 선명한 하늘 순례길
아직도 가슴은 녹지 않았다

예언

겨울을 울던 철새가
북쪽으로 날아갔으면
당신이 걷는 길은 봄이다

푸른 잎이 낙엽지고
작년의 새가 날아왔으면
당신이 걷는 길은 겨울이다

현실은 나무에서 우는 새
마지막 꿈을 위해 시드는 꽃
때로는 이별이 기쁨이지만

안부를 물을 새 없이
숲의 풀벌레울음으로 사라진
바람의 말을 굳게 믿었다

고향

아직 아침은 멀었는데
마을을 포근하게 덮어주는
산그늘이 먼저 내려왔다
마치 눈 내리는 고요처럼

어쩌다 완행열차 멈추는
정거장 곁에 감나무 하나
홍시 매달린 가지 끝에
기차와 상관없는 새가 앉았다

그대 소식 기다리다
바람으로 찾아가는 고향
새들의 하늘이 파랬다
마치 파도 없는 외딴섬처럼

불빛도시

별들이 가슴을 내보여도
깨진 유리창 같은 평화
가로등 불이 줄지어 눈을 떴다

미세먼지에 숨이 막혀
불면 속에 빠진 불빛도시
달마저 뼈 깎는 통증을 앓았다

참았던 숨이 단내를 풍겨도
오가는 길거리 사람들은
여전히 불빛을 찾아 헤맸다

차갑게 흐르는 침묵
느닷없는 정전이 작별인가
불빛이 잠든 도시는 두려웠다

봉선화

손톱에 꽃물로 남아있는
첫사랑이 하늘을 흐르면
어렴풋한 달무리의 환상
둥근 인연을 묶어주었다

빨갛게 꽃물들인 손톱이
울타리 봉선화 사랑인가
잃어버린 사연을 이어도
그대는 아무것도 몰랐다

어부

바다의 멀미 속으로
끈질기게 그물을 던졌다

끼니를 끌어올리는 수고
낙조가 꽃잎으로 물들였다

성난 파도가 토해내는 울음
바다의 향기는 물빛이었다

들뜬 만선기가 펄럭일 때
어부는 숨 가쁜 노를 저었다

훈김을 쏟아내는 저녁노을
아무도 모르게 땅거미 졌다

발 저림

자리에서 일어설 때
갑자기 눈앞이 아찔했다
오래 앉았던 흔적이었다

고루지 못한 발자국이
아픈 매를 들고 좇아왔다
걷는 발이 절룩거렸다

사는 게 고통이라고 해도
시들지 않는 통증의 꽃
발 저림을 던질 수 없었다

겨울 역

눈발이 휘날리는 밤
기다림이 차갑게 지쳐갔다
슬픈 이별이 달리는 철길
누가 겨울 역에 도착했을까
어둠을 비켜 아침이 왔다

실눈으로 찌르는 햇살
짐작 못한 꿈이 녹아내렸다
배꽃처럼 얼어붙은 바람
하얀 시절에 나는 무엇일까
겨울 역에서 그대 기다렸다

배반의 집

가슴이 두근거리는 일
네 귀퉁이 아귀를 맞추고
튼실한 통나무집을 지었다

어둠에서 제 빛을 잃고
배반의 노예가 된 부속물
쓰임새 없는 인간처럼
마음 귀퉁이가 뒤틀려도
밤별이 머무는 집을 지었다

믿지 못하는 거짓에 묻힌
내 영혼의 색깔은 무엇일까

쉼 없이 나무를 찍어내고
밤별을 노동으로 헤아려도
배반의 집은 쉽게 무너졌다
벼락같은 이별이 찾아왔다

나의 기도

태양이 몸을 씻는 바다
기억의 끝을 붙잡고 기도했다

간절한 마음 때문일까
기와가 납작하게 포개진 지붕
햇살이 옆집으로 옮겨갔다

거리의 노숙자 인생이
잠들 곳 찾아 대문을 두드리면
가슴을 지른 빗장이 풀렸다

꿈속에 사는 나를 강제하고
당신의 음성을 듣는 기도했다

열대야

뼈를 쪼아대는 망치질
땀방울을 마음대로 뽑아내도
열대야는 물러나지 않았다

진땀이 흘러 끈적거리는 몸
기댈 곳 없는 등이 휘도록
열대야가 홑이불 걷어차게 했다

긁어도 가려운 살갗에 핀
피 꽃을 가슴 깊이 옮기는 밤
밤별이 불꽃으로 쏟아졌다

달이 한숨 위에 드러누우면
바위 같았던 마음이 부서지고
열대야는 뜬눈으로 뒤척였다

그대 없는 봄

문고리 잡을 때마다
시린 손이 눌어붙는 겨울 가고
속울음 토막토막 끊어내던
생각지 못한 봄 배가 닻을 내렸다

병든 영혼이 걸어가는 길
한 아름 꽃을 들고 봄이 왔는데
어렴풋한 외눈박이 사랑은
풀잎 이슬처럼 존재 없이 말라갔다

밤의 울음 소쩍새 따라
바람이 새살 돋는 아픔으로 빚은
그대 없는 봄이 무슨 소용인가
나의 빈집에 마른 바람이 붐볐다

아침

기다리는 마음은 날선 칼
어둠을 한 자락 잘라냈다

졸음이 붙은 눈을 비비면
눈부신 아침 창이 보였다

밤사이 사라진 별의 흔적
풀잎 위에 맺힌 아침이슬

문 밖에 서성이던 인연이
마루 끝 햇살로 들어왔다

꽃잎

그대 이름을 부르면
화들짝 놀라고 마는 꽃잎
붙잡지 못한 사랑처럼
사뭇 다른 통증으로 찾아왔다

처음엔 뜨거웠어도
차갑게 식어버린 마음
이별이 가슴앓이 꽃잎이었는지
참지 못할 아픔으로 도졌다

들뜬 가슴은 꽃의 소굴
눈을 뜬 꽃잎은 노을의 빛
아무도 모르게 종소리 듣는 밤
혼자 떨어진 꽃잎은 차가웠다

5부

도대체

따로, 외롭게 태어났어도
저마다 인연으로 몸에 닿으면
어둡게 잠긴 마음의 문은 열리고

망부석

내가 사는 세상은
불을 보듯 이리도 환한데
유성 같은 낙화를 생각했다
사납게 밀리는 바닷바람
찬비 찬바람으로 핀 동백꽃
누가 사랑으로 돌아올까
눈물이 응어리진 돌섬 곁에
사시사철 서 있는 망부석
가슴을 태우는 심지가 없다
슬픔을 키우는 뿌리가 없다
저 멀리 등댓불이 꺼졌다

세월

가는 세월 아쉬워말자
허공에 걸리적거리는 건
오직 인간들의 시선이었다

떠난 사람 미워하지 말자
잘못을 용서하는 건
상처를 아물게 한 세월이었다

이제 마음의 색을 보여주자
긴 시간이 짧게 느껴져도
우리 사는 여기가 종점이다

진달래의 봄

찬바람에 달빛 얼었던
북산 진달래꽃 피었다
얼마나 봄이 그리웠으면
별빛을 죄다 그러모아
그대 찬 가슴에 뿌렸을까

만 리 길 빙벽이 깨지고
민둥산 진달래꽃 피었다
얼마나 봄을 기다렸으면
겨울철새가 날아간 날
그대 숨차게 달려왔을까

도대체

가던 길을 잃고 허둥대는 오후
지붕 꼭대기 너머로 해가 기울었다

오랫동안 비워두었던 가슴에
도대체 누가 머물다 갔을까
꽃이 지든 말든 그대 기다릴 때
슬픔을 이어주는 황혼이 찾아왔다

세월이 흐를수록 낯선 집
산골짜기 노루 샘이 고요한 가슴
도대체 누구를 기다렸을까
남몰래 잡풀들이 들어와 진을 쳤다

세월이 가든 말든 상관없이
나 하나의 별은 쓸쓸한 존재
등불 밝혀도 어둠은 가시지 않았다

낙화

아직도 살아 숨 쉬는 꿈인가
꽃 핀 가슴에 욕심을 채우기 위해
채운 것 덜어내는 어리석음
구태여 닫힌 마음 열어줄 필요 있을까

젊음이 가고 흰머리의 황혼
사랑을 잃고 여벌로 걸어가는 발끝에
등허리 휘어진 나이가 걸리적거렸다

바람이 들어와 가슴속을 비질해도
먼지 뒤집어쓰고 걸려있는 벽 사진
김매는 다랑이 논 해거름일 때
마음의 벽 한쪽이 허무하게 무너졌다

살아서 갈 수 없는 길의 꽃잎들이
떨어져 고요히 땅 울음 베고 잠들었다

파란 멍울

빗물을 토해내는 울음이
하루 종일 질척거렸다

들을 수 없는 바람의 말이
가슴응어리로 박혔다

진실을 마음대로 제작하는
무장한 거짓은 파란 멍울

호흡까지 얼룩진 사람들이
마지막 양심을 내던졌다

복권의 꿈

병든 나뭇잎처럼 붙어있는
번호를 심문하듯 대질해보지만
모두 한결같이 비켜가는 숫자

떨어진 실망 느낄 새 없이
꿈속에 개 한 마리 지나가고
오늘도 결국 개꿈을 꾸고 말았다

쇠똥구리 영역에 매인 마음
동그랗게 쇠똥으로 경단을 빚어
거꾸로 밀고 가는 복권의 꿈

종이의 숫자를 헛되이 버리고
뻐끔 담배연기로 사라진 희망
조상 꿈은 복권과 상관없었다

사나이

마음가는대로 살자
사나이는 기꺼이 약속했다

욕심은 버리고 살자
두 주먹 움켜쥐고 말했다

내버려두어도 늙고 마는
몸뚱어리 아껴 무엇 하나

사나이는 통 큰 숨으로
현실을 한입 베어 물었다

인사

마른 숨을 들이키는 아침
옷깃 스친 인연이 복잡해도
이슬 무게를 이기지 못한
풀잎은 중심이 휘어지도록
고개를 앞으로 숙여 인사했다

시간이 물처럼 흘러도
기울어진 지구 자전축만큼
나는 몸을 그대에게 구부렸다
휘지 않는 면들의 쭉정이
고개 쳐든 동거는 불편했다

윤슬*

밤낮이 바뀌어도 멈추지 않고
돌고 돌아 천리 길 흘러온 강물

강 건너 가는 나룻배를 타고
끊임없이 노 젓는 투명한 바람

눈부심이 치렁거리는 물결에
사뭇 그리운 물비늘이 쏟아졌다

허기진 물새울음이 소란해도
억새 잎이 주억거리는 강 언덕

햇살이 흰 눈처럼 날리는 허공에
윤슬은 생시에 일어난 꿈이었다

*윤슬 : 달빛이나 햇빛에 비치어 반짝이는 잔물결

함지

길에서 주운 열쇠 하나 들고
열쇠 구멍 찾아 헤매는 어리석음

바람 불어 지치도록 펄럭일 때
태양은 뜨거움을 남기고 기울었다

유리창을 내다보는 마음 소용없이
꽃잎은 빈 배처럼 연못을 떠돌았다

하루의 악취가 시궁창에 흘러들어도
함지는 실체 없는 태양의 무덤

인간의 목소리가 하늘에 닿을 때
함지는 노을빛을 거울처럼 반사했다

서운암 가는 길

죽어서도 눈감을 수 없는
물고기가 자물통 화석이 될 때
봄꽃은 피어 쇳대 되었다

따로, 외롭게 태어났어도
저마다 인연으로 몸에 닿으면
어둡게 잠긴 마음의 문은 열리고

이제 서운암 가는 길은 피안
나는 꿈이 환한 꽃그늘에
등이 휜 무거움을 내려놓았다

해거름 길

가슴에 그리움으로 자란 잡초는
오직 사랑의 연장으로 파내야 했다

아침부터 가슴에 정을 대고
새 울음으로 망치질하는 일상은
모서리를 갉아내는 순종이었다

겉과 다른 속을 자유롭게 정화하는
해거름 길은 영생의 중간지대

새들이 인정으로 쪼아대는 가슴은
조금씩 간격을 좁히는 사랑
온종일 숨을 조이던 환상이 깨졌다

용서 하나로

천 개의 개천이 모여
하나의 강을 이룰 때

천 개의 돌이 모여
하나의 탑을 이룰 때

모든 것 다 받아주는
용서 하나로 비로소
강이 되고 탑이 되었다

다툼 없는 둥지에 모여
용서 하나로 살았다

빚

빈집에 곯아떨어진 영혼들
밑바닥 잠에서 깨어나도
거기가 빚진 인간의 무덤이다

편지 한 장 받을 수 없는
부끄러운 위로를 던져도
그곳이 빚진 마음의 감옥이다

매번 꽃을 만지던 손으로
헐거워진 허리끈을 조여도
세월의 빚은 덜어낼 수 없다

마지막 길에 주저앉은 마음
태양을 피한 그늘에 살아도
쳇바퀴는 제자리서 돌아갔다

반찬가게

날마다 젓 터지는 반찬가게
좁은 공간 새우젓이 터지고
밑에 갈린 밴댕이젓이 터졌다

내 젓 터져, 소리 질러도
주인 여자는 대수롭지 않게
맛있으니 믿고 사가세요
짜디짠 죽음은 상관하지 않았다

소금으로 절이고 삭힌 반찬이
인생의 한부분인 줄 몰랐다

오늘도 바다를 그리워하며
변함없이 좌판 위에 전시된 몸
시장 손님을 겸손하게 배려했다

판잣집

아침부터 이슬비가 내렸다
천장에서 빗물이 뚝뚝 떨어졌다

가끔 공사로 통행이 불편했다
골목길이 실핏줄처럼 이어졌다

바람 불어 네 벽이 헐거워졌다
숨 끊어지는 소리로 끙끙 앓았다

어둠이 내리고 하루가 깊었다
고독한 맥박이 점점 느슨해졌다

밤하늘 둥근달이 내려다보았다
살아보니 진저리나는 무덤이었다

비겁한 인생

어둠에 묻혀도 아무 일 아니라고
투쟁 없는 죽음을 마냥 기다렸다

세월을 견딘 대숲바람이 청아해도
북풍은 뒤란 간장항아리를 깨트렸다

짓밟힌 현실이 미래를 구걸하며
끈질기게 도주해도 아무 소용없었다

철새들은 정해진 순서 없이
쉴 곳을 찾아 먼 대륙으로 건너갔다

서로 잡풀처럼 짓밟혀 질식하는 세상
결국 저항 없는 죽음을 맞이했다

무엇이 질주하는 발목을 붙잡았을까
우리는 무거운 사슬에 묶여 끌려갔다

이유 없이

그대는 이유 없이 좋은 사람

가만있어도 심장이 뛰고
팽팽했던 긴장이 풀렸다

바람 불어 몸을 움츠려도
지금은 아무도 없는 빈자리
일생동안 무엇을 저장해야 할까

마음의 벽이 허물어지면
겉과 속이 다른 타락한 동거
언제쯤 저장된 환상이 깨질까

겨울 뒤끝을 붙잡은 마음이
얼어붙은 길에 주저앉았다

그대는 이유 없이 미운 사람

제기랄

우한폐렴 어떤 놈이 수입했나
마스크 쓰고 거리두기 하다가
제기랄 한해가 훌쩍 지나갔다

독성폐렴 어떤 나라가 내질렀나
말 못하는 감옥살이 하다가
제기랄 나머지 인정이 끊어졌다

세월이 가도 남는 게 없다
하수구 같은 거짓에 쓸려간 진실
봄인지 가을인지 나는 모르겠다

유재원의 영혼주의 시

1. 밤 별들의 말

시어가 따로 있는 건 아니다. 시의 내용과 가장 잘 어우러지는 말과 이미 시 속에 들어앉은 낱말과 돌출되지 않게 어울리면 시어다. 모양을 그려내어 형상을 가져오는 형용과 글을 다듬어 더 좋은 뜻을 느끼게 하는 묘사가 시는 필요하다. 단순한 향수를 넘어 혼란한 현실에서 인간성을 찾는 작용으로 감성을 자극해야 한다. 자연에서 풍습으로 이동하는 공통의 공간인 시가 문화 발전을 이끌어야 한다.

나만의 글쓰기라고나 할까. 가령 뜬구름 한 점 보았다면 거기에서 하늘 별 달 바람 바다 수평선 갈매기 여객선 등을 연상하고, 여객선에서는 사랑과 이별을 주제로 인간사를 이어간다. 동시에 바다 표면에서 반사되는 빛의 환희와 심해로 침몰하는 무심을 짚어보기도 한다. 그리고 구름이 그늘을 드리웠다면 그림자를 연상하며 그림자로 인간의 내면을 들여다본다.

뜬구름 한 점을 기둥 삼아 수많은 생각의 가지를 길러내는 노력이 문학의 본질이 아닐까? 하는 어줍지 않은 생각을 이어갔다. 다양성에서 소실점 찾아가는 바느질로 보편성을 이어붙이는 것이 문장이라고 여겼다. 이치에 따라 어긋나는 요소를 지우고 조화를 극대화 하는 것이 글 격이라고 믿었다. 절제된 상징으로 문명의 한계를 뛰어넘어 가장 인간다운 형상이 시라고 생각했다.

죽음으로 들어갈 때 종족번식 본능을 보이는 난(蘭)은 그만큼 고통을 받으면 스스로 죽음을 깨닫고 꽃대 아니면 신아를 틔운다. 그러나 훌륭한 토양에서 튼실하게 자란 난은 등 따숩고 배부르면 일어나는 인간의 본능, 이성의 그리움으로 종족 번식을 불러온다. 꽃대나 신아를 왕성하게 밀어 올리는 난 같은 문학을 키우려면 건실한 문화의 토양이 필요하다.

2. 현실을 바라보는 뜨거움

중리 사람

달뜨는 월봉산 뜰 앞에
봄바람이 풀무질하는 양지바른 집
작년에 마실갔던 제비 돌아오고
그대 머리에 꽂아주고 싶은
진달래꽃 피는 마음에 해비가 내린다

비단실 뽑아내는 달빛아래
밤에도 대낮처럼 눈에 익은 마을
흩어진 소문을 그러모아 묶은
전설 한가운데를 가로지른 신작로가
어제의 사연을 오늘도 이어준다

가끔 외지바람이 집적거리면
그리움은 계수나무 달 창에 두고

시절을 선하게 적신 인정으로
걸어 잠근 빗장을 풀고 사는 중리 사람
곤히 잠들면 별이 내려와 곁에 눕는다
(중리 사람 전문)

'이 또한 지나가리라.'
이스라엘 다윗 왕 반지에 새겨진 글귀라고 해도, 실체 없는 고대의 격언이라 해도, 우리 곁에 안착한 글인 것만은 확실하다. 바다에서 시간을 낚는 어부는 없다. 글을 아름답게 쓰는 일이 문학의 전부는 아니지만 바람으로 지나가는 인생에 무엇을 남겨야 할까. 마음 흔들어 추억을 이끌어내는 영혼으로 한번쯤은 머무는 곳에 상상의 기둥을 세워야 되지 않을까, 진달래꽃 흐드러진 연분홍기슭 월봉산에서, 무거워진 나이를 가늠해보았다.

모시나비

무게를 가늠할 수 없는 침묵
가슴에 쌓은 돌탑인연으로
누가 용두질하는 상 남자인지
하늘을 넋 놓고 바라보는 그녀에게
사내가 유혹의 등불을 밝히고
'여인아, 어서 내 품으로 들어와'
바람 젓는 날개로 명령할 때
파랗게 놀란 대숲바람이 일어섰다

빛과 그늘이 맞닿은 접점에서
암내를 본능에 연결하면
한순간 불꽃 튀는 공간사랑으로
그녀는 마지막 정사를 끝낸 모시나비
사내가 꽁무니에 정조대를 씌우고
'여인아, 어디든지 마음대로 날아가'
심장 찌르는 아픔을 명령할 때
길이 좁아졌는지 눈앞이 어지러웠다
(모시나비 전문)

가끔 바람 불어 처마에 붙은 풍경이 울어도 산사는 고요했다. 그
래야 절간이다. 말 못하는 짐승목숨을 인간들 마음대로 끊는 것이
얼마나 커다란 죄악인지 모를 때, 생체실험으로 죽은 짐승들의 원
혼이 우한폐렴으로 돌아와 인간들의 목숨을 독하게 위협했다. 우리
는 속절없이 서로 얼굴을 가리고 멀리 있는 사람을 더욱 멀리 밀어
냈다. 그래야만 살 수 있다고 하루 종일 넋 나간 사람처럼 중얼거렸
다. 살생의 반성 없이 잔인한 질병을 겨드랑이에 낀 채 봄을 맞이했
는데, 어느새 철새가 날아가고 날아오는 또 다른 겨울이 되었다.

낮달 하늘

아무 때나 쳐다봐도 괜찮다

개구진 시절이 빈정거리며

마음대로 돌팔매질해도
물빛 하늘을 밟고 가는 낮달

날아간 새는 무슨 말을 할까
옛날 장항아리가 깨져도
선뜻 내보일 수 없는 마음

시간이 다리를 건너갈 때
거친 숨을 뱉으며 흐르는 강
낮달이 구름에 몸을 숨겼다

비오는 날 낮잠 자도 괜찮다
(낮달 하늘 전문)

가을 청명아래서 이엉을 엮어 초가지붕을 이으려면 먼저 썩은
새를 걷어내고 굼벵이 골에 새 짚을 질러야 한다. 시가 신의 말이
라고 해도 반드시 운문의 옷을 입혀야 한다. 언어에서 생명을 찾
는 것이 영원한 숙제지만 문학은 시시각각 다가와 인간의 삶을 풍
요롭게 만든다. 뒤척이다 잠든 밤이라 해도 영혼이 떠나면 빈집
이다. 언어는 공동생활하면서 생겨난 부산물 중에 가장 신성한 품
목인데 자본주의 적폐로 몰려 언어의 진실을 빼앗기고 있다.

망각의 시대

지금은 망각의 시대
누가 지쳐 스러진 여인에게
무지개의 빨간 빛 끊어낸 마음
피 묻은 돌을 던질 수 있나요

거친 파도가 밀려오고
성난 바람이 휩쓸고 가는 꿈
대못박는 고통이 앞을 가로막아도
나는 그대 곁으로 갑니다

땅이 꺼져도 꿈쩍 않는
단단한 사랑을 간직한 목숨
사시사철 눈비를 맞는 비석처럼
그대 이름을 가슴에 새깁니다
(망각의 시대 전문)

언어의 타락에서 새로운 시세계를 내보이려는 몸부림이 나만의
창작일까. 글에서 감동을 찾는 보통사람들은 대중을 선동하는 전
체주의에 이용되어서는 안 된다. 공자가 가르치는 사무사(思無邪)
가 사특함이 없는 생각을 가진 인간의 본래 모습이다. "사무사는
생각에 사사로움이 없는 바른 말을 일컫는 것입니다." 박팽년이
어린 단종에게 말했다. 사람들이 살아가는데 절망적인 고뇌는 필
연이다. 높은 데서 낮은 곳으로 내려오는 순리가 가슴에 본능으

로 자리 잡아야 한다.

도대체

가던 길을 잃고 허둥대는 오후
지붕꼭대기너머로 해가 기울었다

오랫동안 비워두었던 가슴에
도대체 누가 머물다 갔을까
꽃이 지든 말든 그대 기다릴 때
슬픔을 이어주는 황혼이 찾아왔다

세월이 흐를수록 낯선 집
산골짜기 노루 샘이 고요한 가슴
도대체 누구를 기다렸을까
남몰래 잡풀들이 들어와 진을 쳤다

세월이 가든 말든 상관없이
나 하나의 별은 쓸쓸한 존재
등불 밝혀도 어둠은 가시지 않았다
(도대체 전문)

어버이 섬김을 멀리하면 비정이 생긴다. 감동을 모르면 원망이
쌓인다. 급격하게 변화하는 문명에서 감수성이 사라지고 있다.

지금은 손전화기가 없으면 불안하고 아울러 고립되는 세상이다. 서로 화합하여 평화를 유지하던 시절이 그리워도 위정자에게 무정을 배운다. 한없이 펼쳐지는 추상에서 문명을 다룰 줄 모르면 짐승이 되는 시절이다. 꽃피는 자연에서 있는 그대로의 진실을 받아들이는 마음 인색하면 안 된다.

할머니 손

먼 기억은 어린 시절
햇빛 고이는 마당에 널어놓은
들깨 멍석에 텃새가 날아와 까불면
부지깽이 들던 할머니 손이 그립다

낙엽 진 창가에 찬바람 불어
어느새 장독은 흰 눈이 소복하고
날랜 솔개가 햇닭에 눈독들이면
두 손 들고 소리치던 할머니가 그립다

영원히 변하지 않는 약속
진달래 개나리의 봄이 찾아왔다
빈손을 가슴에 얹고 잠든 할머니무덤
인기척에 놀란 할미꽃이 고개 숙였다
(할머니의 손 전문)

인간사에서 마음 비우는 일이 가장 어렵다. 어차피 비울 수 없는 마음이라면 푸른 하늘에 날개 없이 떠있는 낮달 하나쯤 그려놓고 사는 것도 괜찮다. 올려다보면 가슴 울렁거리게 하는 진실을 낮달이 비춰준다. 비우기 속에서 무수히 탄생하는 이별, 바람으로 떠나는 존재를 문장으로 낚는 기술이 문학에서는 필요하다. 망설이면 상상은 한순간에 도망가고 만다. 타락하지 않은 양심으로 꽃 진자리에 맺는 열매 같은 낱말을 가슴에 옮겨야 한다.

3. 영혼주의로 가는 길

이렇게 짧은 시를 각각 골라 문학에 에둘러 비유했다. 동양의 고전과 서양의 현실을 구태여 가릴 필요는 없지만, 추락하지 않는 감정으로 가슴 깊이 잠든 감동을 깨웠다. 교시 방법으로 숨 쉬는 영혼을 전달해도 한쪽으로 치우쳐 있으면 골수라는 말이 붙는다. 정치에서 생겨난 '수구꼴통' 이 말을 함부로 써서는 안 된다. 대중을 선동하기 위해 나치의 입 괴벨스가 한 말이다. 악을 일상으로 저지르는 부패한 정권 어둠 한가운데에 실낱같은 양심의 빛을 단 한 번이라도 비춰본 적 있는가. 문학인들은 기꺼이 일어나 서슴없이 비판해야 한다. 정권의 나팔이 되지 않는, 본질에 굽히지 않는 선비정신이 필요한 시대다. 거짓이 세계를 정복해도 영혼주의 진실은 덮을 수 없다.

상징과 절제를 강조했으나 여전히 미흡하다. 일반적인 이미지 사상과 감동을 더욱 부각시켜야 단시의 형상화가 선명해질 것으로 생각된다. 불안과 상실감을 해체하고 향기가 있는 문장을 이어가야 한다. 어느 지역에서 쫓겨 온 이방인처럼 현실에 혼란을 느꼈다면 그 어지러운 정체성은 당사자가 극복해야 한다. 그런 의미에서 영혼주의는 지역을 떠나 국제화의 개념으로 가야 한다. 보이는 자연 형체에서 보편성을 넓히고, 상상의 조화로 시의 극치를 돋보이게 하는 영혼주의 의미를 내보이며 짧게 끝을 맺는다.

영혼주의(soulism) 시

1. 양심 있는 영혼을 상징한다

현실의 역사에는 진실과 거짓이 뒤섞여있다. 따라서 자유는 유기적으로 움직여야 할 책임과 양심을 필요로 한다. 모든 사물에 영혼이 있지만 그 속에서 진실 된 영혼을 찾아 주인으로 삼는다.

2. 죽음을 포함 모든 사물과 대화한다

영혼주의는 실체 없는 죽음과 실체 있는 사물을 대신한다. 이미 모든 게 기억 밖으로 사라졌더라도 상상 속에 그 이름이 남아있으면 언제든지 대화해야 한다.

3. 근본을 자연사상에 둔다

모든 종교에는 기도가 있다. 참된 기도로 용서를 배우는 두려움을 느껴야 한다. 천둥, 번개, 태풍처럼 기댈 수 없는 현상이 진정한 자연사상의 종교다. 영혼주의는 신에게 다가가는 과정을 의미한다.

4. 진실한 인간성 회복을 목적한다

막연한 기대감은 자신의 배반이다. 거짓을 요구하는 시대에서 자신이 자신을 배반하지 않는 혼자만의 굳건한 중심축이 인간성이다. 저마다 하나씩 자신이 기댈 수 있는 기둥을 세워 인간성을 간직해야 한다.

5. 곁에 있는 제 3의 시선을 기준 한다

내가 왜 사는지 생각하는 상상의 자유는 순교 있는 진실을 요구한다. 사상을 자세히 살피려면 자유 있는 제 3의 눈이 필요하다. 서로 한발자국 물러나서 바라보는 여유가 영혼주의 문학이다.